D1986913

Valeria Fedchenko

Tabor

story.one – Life is a story

story.one

FSC
www.fsc.org
MIX
Papier aus verantwortungsvollen Quellen
Paper from responsible sources
FSC® C105338

1st edition 2024
© Valeria Fedchenko

Production, design and conception:
story.one publishing - www.story.one
A brand of Storylution GmbH

All rights reserved, in particular that of public performance, transmission by radio and television and translation, including individual parts. No part of this work may be reproduced in any form (by photography, microfilm or other processes) or processed, duplicated or distributed using electronic systems without the written permission of the copyright holder. Despite careful editing, all information in this work is provided without guarantee. Any liability on the part of the authors or editors and the publisher is excluded.

Font set from Minion Pro, Lato and Merriweather.

© Cover photo: Photo by Mehdi Sepehri on Unsplash

ISBN: 978-3-7115-0936-9

"Heute gibt es kein Glück,
morgen schon".

Roma - Sprichwort

Für alle meine Kolleginnen und Kollegen und alle anderen, die sich für das Thema "Sinti und Roma" und diese Minderheit interessieren.

INHALT

Kapitel 1 Hanna aus Berehowo

November 2022

In den Schlagzeilen vieler Zeitungen und im Radio taucht die Meldung auf: „Tote Frau im Altwarencontainer in der Stadt Weinstadt."

„Eine sechsundzwanzigjährige Frau steckte im Container in Weinstadt fest und starb. Die Polizei vermutet, dass die Frau in den Container steigen wollte, um Kleidung herauszuziehen. Sie steckte im Klappenmechanismus fest und konnte nicht mehr herauskommen. Die Feuerwehr befreite die Frau aus dem Container. Der Notarzt stellte den Tod fest. Der Tod war nicht gewaltsam. Nach Polizeiangaben entdeckte ein zufällig vorbeigehender Fußgänger ihren leblosen Körper. Er rief die Polizei an."

Mai 2023

Um halb eins, nachdem ich die vorgeschriebenen Sprechstunden abgearbeitet habe, fahre ich zum Mittagessen. Als ich an einer sonnendurchfluteten, weiten Kreuzung ankomme, die die Hauptstraße des Dorfes mit der Straße zum benachbarten Ort verbindet, halte ich an, um einen vorbeifahrenden Lastwagen durchzulassen.

Plötzlich, unerwartet für mich, auf der gegenüberliegenden Straßenseite, sehe ich drei Bewohnerinnen des Wohnheims, Hanna, Zemfira und Mirela, die versuchen, etwas aus dem Altkleidercontainer an der Bushaltestelle herauszuziehen. Eine hilft der anderen, die wiederum versucht, an die obere Klappe des Containers zu gelangen, wo eine Handtasche stecken geblieben ist. Als sie mein Auto sehen, schauen sie mich an, lächeln verlegen und tun so, als wäre nichts passiert. Es sieht komisch aus, als ob Kinder oder Haustiere etwas angestellt hätten. Als ob sie beim Naschen aus dem Schrank erwischt wurden und nicht gestehen wollten, und so tun, als wäre nichts passiert. Ich senke das Fenster, winke ihnen freundlich zu, lächle und fahre weiter.

Als ich zurückkomme, erinnere ich jeden einzelnen daran, dass die Sachen im Container Eigentum der Organisation sind, die den Container aufgestellt hat, und der Versuch, etwas herauszuholen, als Diebstahl gilt und strafrechtlich verfolgt wird. Hanna erzähle ich die Geschichte von der Frau, die im Container gestorben ist.

„Ich kenne sie, sie war aus unserem Tabor, aus Berehowo", antwortet mir Hanna ruhig.

Kapitel 2 Hanna und Arna

Hanna und Arna, mit zwei Jungen, leben zu viert in einem ziemlich geräumigen Zimmer im zweiten Stock des Wohnheims. Alle tragen denselben gleichen Nachnamen, die Frauen sagen, dass sie Schwestern sind. Alle vier sind Flüchtlinge aus Berehowo, einer Stadt an der Grenze zu Ungarn, in der zwei offizielle Staatssprachen gesprochen werden und in der sich ein großes Tabor der „Roma" befindet. Später erfahre ich, dass die Frauen überhaupt keine Schwestern sind, sie tragen nur denselben Nachnamen im Tabor. Der Tabor Berehowo hat etwa fünftausend Menschen. Früher bestand jeder im Lager aus nahen oder entfernten Verwandten, Heiraten außerhalb der Familie war verboten, Ehepartner wurden aus der Verwandtschaft ausgewählt. Hanna und Arna sehen tatsächlich ähnlich aus, schlank, von geringer Körpergröße, mit langen dunklen Haaren und dunklen Augen. Wie viele Menschen in dieser Region, haben beide sehr schlechte Zähne. Beide sind Raucherinnen, daher sind ihre Zähne schwarz, einige Vorderzähne fehlen. Außerdem gibt es in der Region eine schlechte medizinische Versorgung. Und die Frauen haben kein Geld dafür.

Eine der Frauen, Hanna, ist Analphabetin. Die andere kann ein wenig lesen und ihren Namen mit lateinischen Buchstaben schreiben. Hannas Mann starb an einem Schlaganfall. Die Familie der anderen blieb in der Ukraine, Mann und einige Kinder. Alle Familienmitglieder konnten wegen Geldmangels nicht kommen.

Als ich am Montag zur Arbeit komme, teilt mir Hanna mit, dass ihre Schwester mit ihrem Sohn gegangen ist. Ein paar Tage zuvor hatte die Frau Geld bekommen. „Valeria, Arna ist gegangen. Ich habe mich gerade mit ihr gestritten. Ich habe sie angerufen. Sie ist in der Ukraine. Sie hat das Geld ihrem Mann gegeben. Er trinkt auf dieses Geld. Sie trinkt auf dieses Geld. Sie sagte, sie werde kommen, das Geld abholen und wieder weggehen. Rufen Sie im Jobcenter an."

Ich denke, der Betrag, den sie erhalten hat, war der größte, den sie je in den Händen gehalten hat. Für Deutschland ist dieser Betrag gering, aber in den Slums von Berehowo könnte man damit ein halbes Jahr lang leben. „Und sie ist keine Schwester für mich. Wir sind einfach nur Namensvetter. Sie hat hier die ganze Zeit getrunken. Sie hatte nicht vor zu bleiben. Ihr Mann hat gestritten, war eifersüchtig. Er brauchte das Geld“, fügt die Frau emotional hinzu.

Hanna zeigt mir ein Video, auf dem Arna mit betrunkenem Ton in die Kamera schreit. Jetzt kann die ganze Familie viel, sehr viel Alkohol kaufen. Ich hoffe sehr, dass die Familie etwas Geld für Essen für die Kinder übriglässt. "Arna wird nicht zurückkommen. Und das ist gut so. Valeria, melden Sie sie ab. Und teilen Sie mit, dass sie nicht mehr bezahlt werden sollen.“

„Was für eine nette Freundin!“, denke ich.

„Natürlich werde ich Arna und ihren Sohn abmelden und den entsprechenden Stellen von ihrer Abreise berichten.“ Mich beunruhigt Hannas Groll.

Kapitel 3 Hanna ist verzweifelt

November 2022

Eines Morgens kommt Hanna mit einem Päckchen in der Hand zu mir, um Dokumente zu beantragen. Als wir alleine sind und niemand zuschaut, geht sie um meinen Schreibtisch herum und versucht, das Päckchen aus der Parfümerie in eine meiner Schreibtischschubladen zu stecken. Die Schublade ist verschlossen. Ich schlage vor, dass sie sich setzt.

„Hanna, was ist das?"

„Nun, das ist ein Geschenk für Sie."

„Hanna, ich verstehe, dass Sie gerade versuchen, mir Schmuggelware aus dem Parfümladen zu geben."

Auf Ihrem Gesicht ist deutlich anzusehen, dass ich recht habe.

„Ich werde der Polizei nichts davon erzählen. Wenn Sie nicht auf frischer Tat im Laden erwischt wurden, werde ich Sie nicht verraten. Aber Sie müssen das Päckchen abholen. Andernfalls wird es in meiner Schublade liegen, als Beweis für Ihren Diebstahl. In Deutschland müssen Sie keine Mitarbeiter der Behörden bestechen. Ich und die Mitarbeiter anderer staatlicher Organisationen werden Ihre Dokumente kostenlos bearbeiten. Und ich bitte Sie sehr, nicht zu versuchen, im Jobcenter Bestechungsgelder zu geben. Haben Sie mich verstanden?"

Hanna bleibt mit ihrem Sohn allein im Zimmer. Der schüchterne dreizehnjährige Junge, Danko, geht zur Schule und lernt schnell Deutsch, um seiner Mutter in Alltagssituationen zu helfen - im Laden, am Bahnhof, wenn es darum geht, zu verstehen, von welchem Gleis und in welche Richtung sie fahren müssen, wie man ein Ticket kauft. Hanna plant nicht, in die Ukraine zurückzukehren. Dort hat sie nichts. Sie versteht, dass Deutschland sich besser um eine alleinerziehende Mutter kümmern kann.

Eines Tages im Herbst bittet Hanna mich um Hilfe. Sie hält zwanzig Euro in der Hand. „Valeria, Danko braucht Sporthosen für die Schule."

„Und gibt es die nicht bei Peymark? Dort ist alles billig.“

„Valeria, ich kann dort nicht hingehen. Unsere Leute waren alle dort. Alle haben dort gestohlen.“

„Verstehe. Ich schaffe es diese Woche nicht. Aber am Wochenende werde ich nach Ludwigsburg gehen. Sie können mir das Geld dann zurückgeben.“

Ich muss nicht wegen Sporthosen fahren. Beim Sortieren von Kleidungsstücken, die von Dorfbewohnern für Flüchtlinge gespendet wurden, finde ich passende Sporthosen, ein T-Shirt und einen Trainingsanzug für den Jungen und gebe sie Hanna.

Kapitel 4 Hanna und Rada

März 2023 Ich mache einen Rundgang um das Wohnheim. Auf der Treppe treffe ich einen Jungen, mir unbekannte Frau, mit einem Baby auf dem Arm. Ich verstehe, dass dies Hannas Tochter ist, sie sehen sich sehr ähnlich. „Hallo! Und wer bist du?“

"Ich bin Rada. Ich bin Hannas Tochter.“

„Bist du mit dem Baby alleine zu Besuch bei Mama?“

„Nein, ich habe neun Kinder.“ Ich erinnere mich daran, dass Hanna sagte, ihre Tochter aus der Ukraine würde mit einem Baby zu ihr kommen. Dass es neun Kinder sind, hat sie lieber verschwiegen.

„Wo sind die anderen Kinder?“

„Hier, im Zimmer“ „Zehn Personen ohne Anmeldung!“ - geht mir durch den Kopf. Ich gehe zum Zimmer und öffne die Tür vorsichtig.

Ein Geruch von Urin, Fäkalien und schmutzigen Körpern schlägt mir entgegen. Ich sehe eine Szene: überall auf dem Boden und den Betten wuseln die Kinder herum. Dabei gibt es überhaupt kein Geschrei, keinen Lärm, die Kinder schweigen. Sie scheinen daran gewöhnt zu sein, sich zu verstecken, und wissen, dass sie nicht laut sein dürfen, um sich nichts zu verraten. Schweigend, beeindruckt von dem Gesehenen, schließe ich die Tür. Ich wähle die Nummer des Managers des Bezirksamts, Herrn Ilgirim, der für die Verteilung der Flüchtlinge verantwortlich ist.

„Guten Tag, Frau Fedchenko. Wie kann ich Ihnen helfen?"

„Die Tochter einer Bewohnerin ist aus der Ukraine angekommen."

„Und sie hat sich noch nirgendwo registriert?"

„Nein, direkt zu uns hierher. Herr Ilgirim, sie hat neun Kinder dabei."

Es herrscht für ein paar Sekunden Stille am anderen Ende der Leitung. Dann fragt Herr Ilgirim leise und vorsichtig: „Wie viele Kinder?“

„Neun Kinder, Herr Ilgirim.“ Ich eile nicht und lasse ihm Zeit, diese Zahl zu verdauen. Mit dem Wissen um die Größe des Zimmers, sechzehn bis zwanzig Quadratmeter, versucht der junge Mann sich vorzustellen, wie wir eine Mutter, neun Kinder und die Bewohner, insgesamt zwölf Personen, in diesem Raum unterbringen können.

„Und wie alt ist die Tochter?“, fragt er.

„Sechsundzwanzig.“ Und wieder eine kurze Pause. Der Manager hat erst vor Kurzem geheiratet.

"Wohin soll ich sie schicken? Nach Herrendorf? Welcher der LEA nimmt sie jetzt auf?"

„Ja, schicken Sie sie nach Herrendorf.“

Kapitel 5 Hanna, Arztbesuch

An einem Frühlingstag kommt Hanna zu mir und klagt über starke Schmerzen im Bauchbereich. Ich begleite sie zu ihrem Hausarzt. Ohne Übersetzer wollen die Ärzte keine Patienten behandeln. Die Ärztin bittet Hanna, sich auszuziehen. Hanna zieht ihr Shirt aus, unter dem sich ein hübscher neuer roter Spitzen-BH befindet. Hanna hat eine gebräunte Haut, eine schlanke Figur, kein Gramm zu viel, weder an der Taille noch am Bauch. Die Ärztin untersucht die Frau. Als sie zum Hals kommt und Hanna den Mund öffnet, murmelt die Ärztin auf Deutsch, wissend, dass die Patientin sie nicht versteht: „Was für schreckliche Zähne!"

Dieser Kommentar verunsichert mich, obwohl Hanna nichts verstanden hat.

„Sie ist Raucherin", bemerke ich leise.

Die Ärztin gibt eine Überweisung für eine Untersuchung im Krankenhaus. Mit Rezepten in der Hand gehen wir eine Etage tiefer zur

Apotheke. Dort erklärt der Apotheker sehr ausführlich, welche Medikamente in welcher Reihenfolge eingenommen werden sollen. Da ich befürchte, dass die Frau durcheinanderkommt, lasse ich die Medikamente, deren Einnahme später beginnen soll, in meinem Büro. Am nächsten Tag überrede ich Hanna nur mit Mühe, ins Krankenhaus zu gehen. Sie fürchtet sich davor, ihren jugendlichen Sohn allein zu Hause zu lassen. Nachdem ich sie überredet habe, warte ich mittags darauf, dass der Junge aus der Schule kommt. In der Bäckerei kaufe ich ihm ein Brötchen mit Schnitzel und Salat. Ich arrangiere mit einer Frau aus dem benachbarten Zimmer, dass sie auf den Jungen aufpasst. Ein paar Tage später kehrt Hanna zurück.

„Im Krankenhaus kam ein Arzt zu mir und viele andere Ärzte. Sie baten mich, meinen Bauch zu zeigen", sagt Hanna stolz.

Direkt in meinem Büro hebt sie den Saum ihres Kleides an, lässt die Strumpfhosen ein wenig herunter und ich sehe eine riesige Narbe von einer Operation, furchtbar und nachlässig vernäht, die sich über den ganzen Bauch von oben nach unten erstreckt.

„Welche Art von Operation war das?“ frage ich.

„Ein Kaiserschnitt.“

"Oh Gott!“ denke ich. Selbst Tieren wird in Deutschland keine Operation wie diese gemacht.

Laut sage ich: "Ich denke, der Arzt war als Spezialist daran interessiert, wie vor dreizehn Jahren in Transkarpatien Kaiserschnitte gemacht wurden, und hat dies den Studenten gezeigt. In Deutschland werden Kaiserschnitte seit vielen Jahren anders gemacht. Es ist nur ein kleiner Schnitt und eine Naht am unteren Bauch, die nicht einmal in den freizügigsten Höschen zu sehen ist.“

Hanna kichert und nickt verständnisvoll.

Kapitel 6 Hannas Flucht

Hanna muss einen Deutschkurs besuchen. Es stellt sich heraus, dass die fünfzigjährige Analphabetin schlecht sieht und es ihr zu peinlich ist, eine Brille zu bestellen. Außerdem fällt es ihr unglaublich schwer, den Lernstoff zu verstehen, um ehrlich zu sein, es gelingt ihr überhaupt nicht. Mit fünfzig Jahren hat sie nie, nirgendwo und in nichts gelernt. Im Herbst verschwindet sie zusammen mit ihrem Sohn, der großen Familie Gudlo und Zemfira, die zuletzt bei ihr im Zimmer gelebt hat.

Die Bewohner der benachbarten Zimmer beschweren sich über die Invasion von Kakerlaken. Es gelingt uns nicht, in Hannas Zimmer einzutreten, die Insekten kriechen heraus. Durch die angelehnte Tür kann man sehen, dass auf dem Tisch schmutziges Geschirr mit Essensresten steht, auf dem Boden liegen Kartons mit halb gegessener Pizza, der Boden ist mit einer dicken Schicht Schmutz bedeckt. Eine Mitarbeiterin des Hygienedienstes versiegelt das Zimmer. Die Behandlung muss mehrmals durchgeführt werden. Die letzten Schritte werden von männlichen Mitarbeitern des Reinigungsunternehmens durchgeführt, die alle Gegenstände im Zimmer - Eisenregale, Betten, Tisch, Stühle, Matratzen und Bettwäsche - in einen Container vor dem Fenster werfen, während sie Schutzanzüge tragen.

Als es endlich erlaubt ist, das Zimmer zu betreten, verstehe ich, dass ich eine Familie, die am nächsten Tag einziehen soll, nicht ohne vorheriges Streichen der Wände unterbringen kann. Die Wände sehen so aus, als hätte man sie mit Kot beschmierten Händen abgewischt.

Zwei Monate später erinnert nichts mehr an Hanna, außer den Kakerlaken, die immer noch gelegentlich hier und da auftauchen.

„Warum ist sie gegangen? Wohin? Wo ist sie jetzt?", fragt Mira.

„Ich weiß es nicht, sie wollte doch nicht gehen. Was soll eine alleinerziehende Mutter machen, die Analphabetin und arbeitslos in der Ukraine ist? Der Tabor hat sie auf ihre Seite gezogen. Vielleicht hat sie getrunken?"

„Ja, sie hat getrunken. Abends stand immer eine Flasche auf ihrem Tisch“, bestätigt Elina.

„Und sie hat Danko aus dem Zimmer geworfen. Er saß in der Nähe der Küche manchmal bis spät in die Nacht“, fügt Mira hinzu.

„Sie sind jeden Tag zur Arbeit gegangen“, fügt Lara ruhig hinzu, die unser Gespräch mitgehört hat.

„Zur Arbeit?“, schaue ich Lara verwundert an.

„Zum Stehlen“, antwortet Lara genauso ruhig.

Im Januar berichten die Bewohner, dass Hanna mit ihrem Sohn in die Ukraine zurückgekehrt ist.

Kapitel 7 Mirela erzählt

Aus dem Interview: "Wie sind Sie nach Deutschland gekommen?“

„ Wir sind mit dem Zug nach Uschgorod gefahren. Dann mussten wir etwa zwölf Kilometer zu Fuß zur polnischen Grenze gehen. Es war Winter. Sehr kalt. Ich trug Mari auf meinen Armen. (Annahme: Die Enkelin, die damals drei Monate alt war). Dann wurden wir nach Polen gebracht. Sie gaben uns sehr viele Sachen, Markensachen. Sie kochten und fütterten uns direkt dort. Und dann sind wir nach Deutschland gefahren. Für jede weitere Überführung nahm ich Gold von meinen Fingern ab, gab meine Ringe und Schmuck ab. So sind wir weitergekommen und sind nach Heidelburg gekommen. Und dann sind wir hier gelandet.“

„Fühlen Sie sich in Deutschland als Roma diskriminiert?“

„Ja, manchmal. Zum Beispiel im Jobcenter. Wenn jemand einen elektronischen Übersetzer benutzt, werden sie anders behandelt. Sie werden akzeptiert, während man uns sagt, wir sollen mit einem Dolmetscher kommen. Die Roma, die hier leben, sind wild! Wir sind nicht so. Wir sind moderne Roma. Wir tragen keine Röcke, wir essen nicht auf dem Boden."

„Warum glauben Sie, dass Roma nicht gemocht werden?"

„Alle denken, sie stehlen, das mag niemand."

„Stehlen Sie?"

„Ja!" Annahme: Mirela hat offen einen Einkaufswagen voller Lebensmittel aus dem Laden genommen, als sie kein Geld hatte und ihre Kinder füttern musste. Sie verheimlicht es nicht und hat sich bei der Polizei entschuldigt. Sie ist eine schöne Frau von achtunddreißig Jahren und hat drei Söhne. Sie betrachtet sich als moderne Roma. Tatsächlich würde man sie auf der Straße nicht als Roma erkennen. Man könnte denken, sie sei eine schöne, schlanke, modisch gekleidete Frau mit europäischem Aussehen. Vielleicht eine Italienerin...

20.12.23 Mirela sitzt in meinem Büro, als ein Afrikaner namens Joe in die Tür tritt, anfängt zu schreien und mit den Händen zu fuchteln. Mit ihm dringt der Duft von Räucherstäbchen ins Büro. Joe ist bereits seit dem Morgen zugedröhnt. Bewohner beschwerten sich bei mir, dass jugendliche Mädchen Angst haben hätten, abends auf die Toilette zu gehen, weil Joe ein Messer bei sich trägt. Eines Abends warf er es einem der Mädchen in den Fuß, verfehlte aber. Ein Bewohner schaffte es, alles auf Video festzuhalten. Der Raum der Security ist eine Etage höher, sie hören keine Geräusche aus meinem Büro, wir sind allein, Mirela und ich.

Mirela sagt schnell: „Valeria, er sieht gefährlich aus! Ich bleibe hier, ich lasse Sie nicht allein!"

Nachdem Joe fertig geschrien hat, geht er weg, und andere Bewohner schauen in den Raum.

Kapitel 8 Mirela und Kinder

Mirela: „Ich musste dringend auf die Toilette, ich konnte es kaum aushalten, dachte, ich würde es nicht rechtzeitig schaffen und mir in die Hosen machen. Und ich ging in dem Gebüsch am Bahnhof. Ich höre etwas rauschen. Es rauschte richtig laut, wie ein Wasserfall. Ich drehe mich um und sehe: Nadja steht da und pinkelt im Stehen. Wie ein Mann, mit gespreizten Beinen und hält sich vorne den langen Rock mit der Hand. Sie pinkelte, wischte sich mit ihrem langen Rock ab und ging weiter. Valeria, sie tragen überhaupt keine Unterwäsche! Und verwenden keine Binden. Sie benutzen irgendwelche Lumpen. Und diese Lumpen werfen sie dann in die Toilette."

„Aber wie halten diese Lumpen, wenn sie keine Unterwäsche tragen?"

„Sie halten irgendwie. Im Sommer hatten wir Gäste. Wir standen unten im Hof an der Treppe. Und sie alle gingen die Treppe hinunter. Und alles war zu sehen"

15.12.22 Mirela wartete früh am Morgen am Eingang auf mich, rauchte, trank Kaffee und stürzte auf mich zu, sobald ich aus dem Auto stieg.

„Valeria, Erik ist bei der Polizei. Rufen Sie sie an, wir wollen ihn abholen."

„Was ist passiert?"

„Ich schickte Ervin und Erik, um Wasser im Kaufhaus zu kaufen. Sie hatten Geld dabei. Als sie an der Kasse standen, sah Ervin Kopfhörer in einem der Regale, nahm sie und ging, um sie seinem Bruder zu zeigen. Er verließ versehentlich die Kasse. Das sah die Security. Er sprang heraus, packte Ervin am Hals und hob ihn fast erstickend hoch. Das sah der ältere Bruder und andere Ladenbesucher. Der ältere Bruder eilte dem jüngeren zu Hilfe, es kam zu einer Auseinandersetzung zwischen ihm und dem Sicherheitsmann, andere Käufer sprangen dazwischen, um die Kämpfenden zu trennen. Die Sicherheitsleute riefen die Polizei, und Erik wurde zur Wache gebracht. Aber Ervin ist hier. Er schläft."

„Mirela, verstehen Sie, dass der Securitymann seine Befugnisse überschritten hat? Möchten Sie eine Beschwerde bei der Polizei einreichen?“

„Nein, das möchte ich nicht. Gott sieht alles. Lassen Sie uns die Polizei anrufen. Wir wollen Erik abholen.“ Ich rufe die Wache an.

„Gestern wurde Ihnen ein junger Mann gebracht. Erik V.“

„Die Eltern können kommen und ihn abholen.“

Das ganze Gespräch findet auf dem Parkplatz statt. Zwei Stunden später kommt Mirela mit Ervin zu mir ins Büro.

„Schauen Sie, Valerija.“ Mirela dreht den Jungen mit dem Rücken zu mir. Sein weißes T-Shirt ist zerrissen, und am Hals sind deutlich blaue Flecken zu sehen, Handdruckflecken des Securitymannes und eine ziemlich große Schramme.

Kapitel 9 Mirelas Ehemann

25.01.23 Mirelas Ehemann, Vitya schaut bei mir vorbei. Er ist immer sehr schüchtern, tritt seitlich ein, als ob er sich genieren würde. Er zieht einen Stuhl heran und setzt sich nah zu mir.

„Valeria, ich komme zu Ihnen persönlich. Ich mache mir große Sorgen um Mirela. Sie hat sich fast umgebracht. Erinnern Sie sich, als wir damals nach Karlsbad gezogen sind? Sie kletterte aus dem Fenster im dritten Stock, sie wollte springen. Die Polizei kam. Die Feuerwehrleute. Sie haben sie überredet, beruhigt. Sie haben ihr ein Beruhigungsmittel gegeben. Jetzt ist sie sehr nervös."

„Wegen den Kinder? Wegen dieser Vorfälle mit Rita und Erik?"

„Ja, wegen der Polizei. Und dass sie Mari wegnehmen werden."

Vityas Schwiegertochter Rita, sechzehn Jahre alt, hat drei Diebstähle begangen. In einem Elektrogeschäft, in dem sie mit ihrer im Kinderwagen sitzenden Tochter war, legte sie zwei Dosen unter das zusammengeklappte Verdeck des Kinderwagens und vergaß, sie herauszunehmen. Im Geschäft wurde sie vom Sicherheitspersonal angehalten. Bei der Durchsuchung ihrer Tasche wurden viele Schmuckstücke aus einem günstigen Modeschmuckladen gefunden.

„Vitya, ich habe ihr bereits gesagt, dass sie Mari nicht wegnehmen werden. Selbst wenn Rita für zwei Wochen ins Jugendgefängnis kommt, wird Mirela erlaubt sein, sich um Mari zu kümmern. Und wenn sie Erik ins Gefängnis stecken, auch."

„Ich habe solche Angst um sie. Sie hat sich fast in der Ukraine erhängt. Rita sah, wie Mirela mit einem Strick auf einem Stuhl stand, schrie, rief andere. Sie wissen, wir haben nicht mehr lange zu leben. Mit solcher Krankheit wie bei uns leben die Leute nicht lange. Man kann einschlafen und nicht mehr aufwachen. Wir sind seit fünfzehn Jahren infiziert. Seit fünfzehn Jahren nehmen wir Medikamente. Die Leute leben höchstens zwanzig Jahre mit dieser Krankheit. Und das auch nur unter sehr guten Bedingungen. Gute Unterkunft, ruhige Umgebung, gute Ernährung."

Mirela ist Vityas erste Frau. Mit ihr ist er seit über zwanzig Jahren zusammen, daneben hat er noch sieben andere Frauen, von denen sieben Kinder haben. Mit Mirela hat er drei Söhne.

Vitya fährt fort.

„In der Ukraine kann man alles und mit jedem überall verhandeln. Selbst wenn etwas Ernstes passiert. Und man kann sich sogar mit einem hohen Beamten einigen. Dort, wenn man ohne Führerschein fährt, zahlt man direkt auf der Straße und das wars, und dann fährt man weiter. Bei uns hatte niemand einen Führerschein und es gab keinen. Aber hier ist das anders. Hier kann man die Polizei nicht bestechen. Niemanden kann man bestechen. Und wir und die Kinder wussten das nicht. Deshalb haben wir so viele Probleme."

Kapitel 10 Mirela, Flucht

25.01.23 „Valeria, ich möchte mit Ihnen sprechen. Wie Schwestern. In Berlin habe ich einen Onkel. Er liegt im Krankenhaus, er hat Krebs. Nicht die Art von Krebs, mit der man lange lebt, sondern eine andere, eine schnelle, von der man schnell stirbt. Seine Enkelin ist bei ihm dort. Aber sie weiß nicht, was mit ihm los ist. Dieser Onkel hat sich um mich gekümmert, als ich klein war, hat mich auf seinen Armen gehalten. Ich möchte dorthin fahren, um mich von ihm zu verabschieden. Ich möchte für zwei Wochen gehen. Helfen Sie mir. Decken Sie für mich ab. Lassen Sie uns die Termine irgendwie verschieben. Unsere Kurse beginnen nächste Woche."

„„Und Sie möchten die Kurse verpassen und weggehen? Ervin kann nicht während der Schulzeit gehen. Er kann nur während der Ferien gehen. "

Mirela und Vitya verlassen das Wohnheim an einem Wochenende und ohne Vorwarnung, indem sie alle Familienmitglieder mitnehmen. Als ich zur Arbeit komme, entdecke ich zwei leere Zimmer, in denen Betten, Matratzen, Tische, Stühle, Schränke und ein Kühlschrank zurückgelassen wurden. Auf dem Tisch liegen schmutzige Teller mit Essensresten. Eine Woche später erhalte ich eine Sprachnachricht von Mirela, die mich darüber informiert, dass alle an Corona erkrankt sind. Nach dieser Nachricht kommt eine weitere, in der die Frau bittet, die Korrespondenz der Familie zu öffnen und zu überprüfen. Später erfahre ich, dass die Familie zu diesem Zeitpunkt bereits außerhalb Deutschlands gereist ist. Etwa drei Wochen lang warte ich darauf, dass die Familie zurückkehrt. Als das nicht passiert, melde ich sie ab.

Mitte Februar kommt eine Bewohnerin, Mira, zu mir.

„Mirela wurde im ukrainischen Fernsehen, auf dem zentralen Kanal, gezeigt. Sie und Gudlo gingen von Tür zu Tür, gaben sich als Sozialarbeiter aus, und während Mirela die Großmutter ablenkte, versuchte die Komplizin etwas zu stehlen. Die Männer warteten draußen im Auto. Aber einer Großmutter gelang es, Mirela im Zimmer einzusperren, nach draußen zu rennen und von der Nachbarin aus die Polizei anzurufen."

„Zeig mir diesen Bericht."

Mira geht und kommt mit dem Telefon ihres Mannes zurück. Auf der Webseite einer der ukrainischen Städte ist ein Foto einer Polizeiaktion zu sehen. Zwei Polizisten halten einen Mann fest, indem sie seine Hände auf seinem Rücken verdrehen, während zwei weitere einen anderen auf den Boden drücken. In der Nahaufnahme des Fotos sind die Angeklagten zu sehen, darunter erkenne ich Mirela, eine ihrer Verwandten und auch Gudlo, einen Bewohner meines Wohnheims. Seine Familie verließ das Wohnheim eine Woche später.

Kapitel 11 Zemfira

14. März 2023

Zemfira, energisch und strahlend mit leuchtenden Augen, betritt mein Büro. Sie ist eine lebendige, bewegliche junge Frau von etwas über zwanzig Jahren mit einer schlanken Figur und einer zierlichen Taille. Ihre dunklen Haare sind manchmal zu einem Pferdeschwanz gebunden, manchmal am Hinterkopf gesteckt, manchmal offen getragen. Gewöhnlich trägt sie lange Kleider oder Röcke mit einem T-Shirt, die sie recht geschickt kombiniert. An ihren Füßen trägt sie meist weiße Turnschuhe oder Flip-Flops. Dank ihrer guten Figur und Jugendlichkeit sehen alle Kleidungsstücke gut an ihr aus. Wie andere sagen würden, steht ihr alles gut. Zemfira trägt keine Hosen.

„Ich war in der Schule. Und habe heute dieses Buch gekauft. Ich hatte kein Geld. Ein Inder hat für mich bezahlt, so einer mit einer Mütze."

„Hast du Hausaufgaben bekommen? Zeig mal“, frage ich und lächle.

In Zemfira hat sich eine Veränderung vollzogen, und das gefällt mir.

„Okay, Tante Valeria.“

Das Mädchen rennt ins Zimmer und bringt ein Lehrbuch. Sie reicht es mir stolz.

Zemfira besucht einen Deutschkurs für Analphabeten ausländischer Herkunft. Sie ist sehr aufgeregt, aber es ist eine positive, freudige Aufregung. Vielleicht ist es das erste Buch in ihrem Leben. In der Ukraine hatte das Mädchen keine Möglichkeit zu lernen, und jetzt erinnert sie mich an einen Erstklässler, dem seine Mutter einen neuen Rucksack gekauft hat und der freudig mit ihm durch die Wohnung läuft und ihn allen Gästen zeigen möchte, obwohl es noch drei Monate bis zur Schule sind.

Ich beginne, das Buch durchzublättern. Es ist ein Arbeitsheft für Anfänger. Im Heft gibt es Bilder und Übungen wie in einem Schulheft für Erstklässler. Schräge Linien, Schleifen, Ovale. Sie müssen sie mit einem Bleistift nachzeichnen. In derselben Lektion sind Wörter für Schulmaterialien: Buch, Heft, Bleistift, Tasche, Radiergummi.

„Ich habe zwei Wörter gelernt!“, sagt Zemfira stolz.

„Welche?“

„Kniga - das ist ... Buuuuh...“

Ich betrachte die Bilder. „Gut gemacht! Und noch eines? Tasche?“

„Nein, etwas anderes“, sagt Zemfira.

„Radiergummi?“

Zemfira kneift die Augen zusammen und versucht konzentriert, das richtige Wort aus dem Gedächtnis herauszuholen. „Ja, ja. Radiiiiiiiira......gummi“, wiederholt Zemfira freudig.

Kapitel 12 Zemfira und Tochter

„Zemfira, bist du in der Ukraine zur Schule gegangen?“

„Nein, Tante Valeria. Ich hatte keine Geburtsurkunde. Meine Mutter ist in Moskau gestorben, sie ist an Gelbsucht gestorben. Die Tante hat mich in die Ukraine gebracht. Aber ohne Geburtsurkunde haben sie mich nicht in die Schule gelassen. Dann habe ich Bar getroffen und er mochte mich. Und ich mochte ihn. Aber die Tante wollte nicht, dass ich bei ihm bin. Aber ich bin mit ihm weggelaufen.“

„Wie alt warst du, als deine Mutter gestorben ist?“

„Vielleicht eine Woche. Tante Valeria, in der Pause sind alle nach draußen gegangen und haben Wodka getrunken.“

"Vielleicht haben sie etwas gefeiert?", sage ich lachend. Es ist zwar etwas früh für Wodka.

"Alle haben getrunken. Aber ich nicht."

"Gut gemacht."

Juni 2023 Zemfira hat eine Tochter. Aber für ihre eigene Mutter ist sie niemand. Laut offiziellen Dokumenten ist sie die Tochter der Schwester von Julias Lebensgefährten. Wie konnte das passieren? Zemfiras Tante holte sie in die Ukraine, wo sie aufwuchs. Aber ohne Dokumente, ohne Geburtsurkunde, wurde das Mädchen weder in den Kindergarten noch in die Schule aufgenommen. So kam es, dass, als sie zu mir ins Wohnheim kam, das Mädchen nicht in der Sprache des Landes nicht lesen konnte, in dem sie zwar nicht geboren wurde, aber aufgewachsen ist und über zwanzig Jahre verbracht hat.

Als Zemfira bei ihrer Schwiegermutter war, brachte sie ihre Tochter mit. Die vierjährige Tanya schlenderte durch den Flur und wanderte durch mein Büro. Als ich anfing, Dinge aus dem Büro in die Lagerräume zu bringen, folgte das Mädchen mir. Tanya kann nicht sprechen, sie hat einen Schnuller im Mund. Irgendwann bat ich sie, zu ihrer Mutter zu gehen, da ich mit den Besuchern Papiere bearbeitete.Nach einiger Zeit wird die Tür meines Büros plötzlich aufgerissen und die weinende Zemfira stürzt herein. Sie hält die weinende Tanya an der Hand. „Ein Schwarzer hat sie geschubst."

„Wo war sie denn?"

„Dort hinten hat sie gespielt. Da steht ein Stuhl an seinem Fenster. Sie ist hinaufgeklettert. Er hat sie geschubst. Sie ist gefallen."

Ein Afrikaner erscheint in der Tür. „Sie hat das Mädchen geschickt, um mir Geld zu stehlen. Ich habe es gesehen. Ich werde zur Polizei gehen!", schreit er.

Er ruft tatsächlich die Polizei an und erstattet eine Anzeige. Aber nach einiger Zeit wurde der Fall eingestellt.

Kapitel 13 Zemfira und Bar

Juli 2023 Zemfira kommt in mein Büro.

„Tante Valeria, könnten Sie mich von hier wegbringen? Ich möchte von Bar weggehen. Er schlägt mich."

„Nun, wenn wir dich wegbringen, kannst du dann zur Schule gehen?"

„Nein, ich kann nicht. Er wird mich ins Auto ziehen und mich schlagen. Ich habe Angst."

Ich rufe die Mitarbeiterin des Jobcenters an.

„Das Mädchen ohne vordere Zähne und der kahl rasierte Typ, stimmt das?" Ich bestätige.

„Sie kamen zu mir, und als sie ins Büro kamen, weinte das Mädchen. Ich fragte sie, was passiert sei. Sie hat nichts gesagt. Sie hatte eine rote Wange.

„Zemfira, was ist passiert, als du im Jobcenter warst?“

„Er hat mich in die Wange gebissen“, antwortet das Mädchen. Sie zieht das Kleid auf die Seite und zeigt mir alte Bisse auf ihrem Rücken. An den Wangen, neben den Mundwinkeln von Zemfira, sind dunkle Flecken.

„Was sind das für Flecken?“

„Das ist etwas anderes, Tante Valeria. Meine Tante hat mir eine Zigarette ins Gesicht gedrückt, sie wollte nicht, dass ich rauche.“

Die Polizei kommt. Zwei hübsche Beamte führen ihre Arbeit gewissenhaft durch: Befragung, Protokoll. Ich übersetze. Zemfira weigert sich, eine Aussage gegen ihren Lebensgefährten zu machen. Sie hat sehr Angst. Sie weigert sich auch, in ein Frauenhaus zu gehen. Sie fürchtet, allein zu sein, sie hat kein Geld.

„Ich werde hundert Euro stehlen und zu meiner Tante gehen. Er kennt sie nicht.“

Wir beschließen mit der Polizei, dass Zemfira im Wohnheim bleiben wird und am nächsten Abend ein Zimmer eine Etage höher bekommen wird. Bar darf dort nicht hochgehen. Ich schaffe es, mit ihm zu vereinbaren, dass er zu seinen Eltern geht. Ein paar Tage später verhängt die Polizei offiziell ein Hausverbot für ihn in das Wohnheim. Zemfira hat immer noch Angst. Bar ruft ihre Verwandten an, sie bringen Zemfira das Telefon, er droht, dass er kommen und das Mädchen töten wird. Es bleibt nichts anderes übrig, als sie in einem unserer Wohnheime in einer anderen Stadt zu verstecken. Zemfira bekommt ein Einzelzimmer. Aber sie kommt regelmäßig zurück.

„Valeria, ich habe Angst dort. Es gibt niemanden von uns und nur Schwarze. Ich habe sogar Angst, aus dem Zimmer zu gehen."

Wenn die Gefahr vorbei ist, weil Bar eine neue Freundin gefunden hat und Zemfira ihn nicht mehr interessiert, kehrt sie zurück und zieht in ein Zimmer mit Hanna.

Kapitel 14 Zemfira, Flucht

20.07.23

Es ist heiß draußen, und ich trage römische Sandalen aus goldenem Kunstleder, ziemlich alt, vor einigen Jahren in Kroatien gekauft.

Zemfira sieht sie an meinen Füßen.

„Valeria, du solltest diese Sandalen nicht zur Arbeit tragen, sonst stehle ich sie dir.“ Ich lache.

„Zemfira, sie sind so alt... Du musst nicht stehlen, ich schenke sie dir, wenn sie dir passen.“

Leider passen die Sandalen Zemfira nicht, ihr Fuß ist zwei Größen größer als meine.

„Valeria, ich gehe morgen nach Frankfurt.“

„Warum?“

„Na ja, zum Spazierengehen. Dort gibt es viele Geschäfte.“

„Und wie kommst du dort hin?“

„Im ICE, diesem schnellen Zug.“

„Das Ticket ist doch teuer.“

„Ich verstecke mich auf der Toilette, wenn sie kontrollieren. Sie haben mich noch nie erwischt. Ich mache das schon ein ganzes Jahr, Tante Valeria.“

„Zemfira, sie werden dich irgendwann erwischen.“

„Sie werden mich nicht erwischen, Tante Valeria, ich bin vorsichtig.“

27.07.23

Im Hintergrund meines Büros, wo Leute Briefe abholen, tanzt Zemfira vor dem Afrikaner. Sie hebt die Hände, beugt sich, bewegt ihre Hüften. Heute trägt sie ein weiteres neues Outfit. Ich frage mich, woher sie das Geld hat. Die

Zahlung für den letzten Monat hat ihr Mann auf sein Konto erhalten. Und erst die nächste wird persönlich an sie gehen. Der Afrikaner bemerkt, dass ich es bemerkt habe, und sieht eher verlegen als interessiert aus. Hat Zemfira, nachdem sie den tyrannischen Ehemann losgeworden ist, beschlossen, als Prostituierte zu arbeiten? - denke ich, während ich das Formular für die Kundin ausfülle, die vor mir sitzt. Zemfira verschwindet aus dem Wohnheim zusammen mit Hanna. Nach ihrem Verschwinden kommen regelmäßig Briefe auf ihren Namen ins Wohnheim, von Inkassobüros der Eisenbahn sowie gelbe Briefe von der Staatsanwaltschaft und der Polizei.

02.01.23

Nach einer Woche Weihnachtsferien und Urlaub kehre ich ins Büro zurück. Zu meiner Überraschung ist es im Wohnheim ruhig und sauber. Die ersten Besucher sind Polizisten, der mir bereits bekannter junger Mann und eine sehr hübsche Frau. Sie suchen Zemfira. Nachdem die Polizei sie im Wohnheim nicht finden kann, wird gegen sie ein Haftbefehl erhoben. Ein paar Wochen später teilt mir Mira mit, dass Zemfira im Gefängnis ist.

VALERIA FEDCHENKO

Valeria Fedchenko ist in Russland geboren, studierte Pädagogik und Psychologie. Seit 2004 lebt sie in Deutschland. Seit 2022 arbeitet sie als Sozialpädagogin und Sinti und Roma Beauftragte.

Loved this book?
Why not write your own at story.one?

Let's go!